CANTIQUES

NOUVEAUX.

Ye

1793

TOULON,

IMPRIMERIE Vᵉ BAUME, RUE NEUVE, 20.

1857.

Propriété.

AVIS.

L'Auteur de ces Cantiques est un prêtre résidant à Toulon depuis le mois d'août 1855. Il est venu dans cette cité populeuse pour y travailler selon son pouvoir dans le vaste champ du Père de famille, où la moisson est si grande et les ouvriers si peu nombreux. Mais comme les œuvres de zèle doivent ici-bas rencontrer des contradictions, jusqu'à présent il n'a pu faire autre chose que prier. Plein de confiance au milieu de ses épreuves multipliées, il se recommande aux prières de toutes les personnes qui s'intéressent à lui, afin qu'il puisse enfin travailler efficacement à la gloire de Dieu et au salut des âmes, avec l'approbation des Supérieurs sans laquelle il ne peut et ne veut rien faire. Il recommande aussi aux prières des bonnes âmes ses très-chers adversaires qu'il estime et qu'il aime beaucoup, et qui sont en effet très estimables et très aimables. Aussi a-t-il lieu d'espérer que, du moment qu'ils le connaîtront mieux, ils deviendront ses amis et ses utiles coopérateurs. Puissent ses vœux être exaucés pour la plus grande gloire de Dieu et l'établissement de son règne sur toute la face de la terre! Ainsi soit-il.

HOMMAGE

DE

RECONNAISSANCE

OFFERT PAR L'AUTEUR

A

SES BIENFAITEURS

ET

AMIS.

CANTIQUES NOUVEAUX.

Nº 1. MARIE

Contemplant l'Enfant Jésus dans son sommeil.

AIRS : { *Par les chants les plus magnifiques.*
{ *Je vais revoir ma Normandie.*

1. O cieux, cessez votre harmonie;
Tendres zéphirs, ne soufflez-plus :
Ecoutez cette voix bénie,
Chantant pour endormir Jésus.

Refrain. Divin Enfant, le Roi des anges,
Jésus, mon aimable Sauveur,
Laisse-moi chanter tes louanges. } *bis.*
T'aimer, te voir, c'est mon bonheur. }

2. « Dors, cher Enfant, toi que le monde
Attend depuis quatre mille ans,
Toi sur qui mon espoir se fonde,
Dors, ô mon Fils, quelques instants. »
      Divin Enfant, etc.

3. Ainsi chantait la Vierge Mère
En berçant le divin Agneau :
Cédant à sa douce prière,
Jésus dormait dans son berceau.
      Divin Enfant, etc.

4. Près du berceau la Vierge aimante
Contemplant son Enfant divin,
D'une voix douce et ravissante,
Chantait ainsi ce beau refrain :
      Divin Enfant, etc.

5. « O mon Fils, trésor de mon âme ,
Mon Dieu , mon Sauveur et mon tout ,
Tu dors , mais ton sommeil m'enflamme :
Du ciel je goûte un avant-goût.
　　Divin Enfant, etc.

6. « Tu ne regardes point ta Mère ,
Tes yeux sont fermés , divin Roi ;
Mais ton souffle pur, salutaire ,
Mais l'air même est du feu pour moi.
　　Divin Enfant, etc.

7. « Si les yeux fermés tu me blesses ,
Que deviendrai-je , ô doux Sauveur ,
Quand les ouvrant , par tes caresses
Tu vas me transporter le cœur ?
　　Divin Enfant, etc.

8. « Tes cheveux , ton front , ton visage
Me font déjà pâmer d'amour ;
Pourrais-je vivre davantage ,
Sans te caresser à mon tour ?
　　Divin Enfant, etc.

9 « Que veulent tes lèvres vermeilles ?
Que je leur donne un doux baiser.
Ah ! je crains que tu ne t'éveilles ;
Mais puis-je à l'amour m'opposer ? »
　　Divin Enfant, etc.

10. Elle se tait, l'auguste Mère ,
Et , serrant son Fils dans ses bras ,
Baise cette bouche si chère
Et ce front rayonnant d'appas.
　　Divin Enfant, etc.

11. A l'instant Jésus se réveille ,
Et vers sa Mère en souriant ,
Comme une flèche sans pareille ,
Il jette un regard suppliant .
　　Divin Enfant, etc.

12. O ciel, quelle amoureuse flamme
Jésus fit sentir à son cœur !
Ce doux regard fut pour son âme
Un trait pénétrant et vainqueur.
Divin Enfant, etc.

N° 2. SUR L'ENFANT JÉSUS DANS LA CRÈCHE.

AIR : *Quel bonheur inestimable*, avec le
Refrain suivant :

A Jésus qui vient de naître
Consacrons-nons en ce jour ;
Il est le Souverain Maître :
Donnons-lui tout notre amour.

Ou bien AIR : *De Marie — Qu'on publie*,
avec ce Refrain :

Aux louanges
Des saints Anges
Unissons-nous tous en chœur.
Notre Maître
Vient de naître :
Amour à ce doux Sauveur.

1. Chrétiens, entrons dans l'étable
Avec les heureux bergers ;
Près de cet Enfant aimable
Peut-on craindre les dangers ?
Aux louanges, etc.

2. Quittant son trône de gloire
Jésus vient nous secourir,
Nous mériter la victoire
Et pour nous vivre et mourir.
Aux louanges etc.

3. Il a pour berceau la crêche
Et l'étable pour palais ;
C'est pour mon cœur une flèche
Qui le perce de ses traits.
　　　　　Aux louanges, etc.

4. A peine est-il né qu'il pleure
En demandant mon amour ;
L'ai-je , hélas ! jusqu'à cette heure
Payé d'un juste retour?
　　　　　Aux louanges, etc.

5. Si Jésus verse des larmes
Dans son modeste berceau,
Il n'en a que plus de charmes ,
Il n'en paraît que plus beau .
　　　　　Aux louanges, etc.

6. C'est moins le froid qu'il endure
Que son grand amour pour nous ,
Qui le presse , le torture ,
Fait pleurer ses yeux si doux.
　　　　　Aux louanges, etc.

7. Allons , mon âme , à la crêche
De l'adorable Jésus :
Oh ! c'est ici qu'il nous prêche
Les plus sublimes vertus.
　　　　　Aux louanges, etc.

8. Livrons nos cœurs à la grâce
Pour brûler de ses doux feux ;
Peut-on être tout de glace
Pour un Roi si généreux ?
　　　　　Aux louanges, etc.

9. Oui , son tendre amour nous presse
Il veut posséder nos cœurs :
Ah ! quel excès de tendresse
Il porte aux pauvres pécheurs !
　　　　　Aux louanges, etc.

10. J'entends la voix de l'étable
Qui me crie : amour , amour ;
Donne-moi , Sauveur aimable ,
De t'aimer, mais sans retour.
      Aux louanges, etc.

11. Taisez-vous , ô crèche , ô langes ,
Cessez d'élever la voix :
J'aimerai ce Roi des Anges ;
Je le jure cette fois.
      Aux louanges, etc.

12. Qu'il me serait doux , Marie ,
D'embrasser ce tendre Agneau,
D'entendre sa voix chérie ,
De lui servir de berceau !
      Aux louangës, etc.

13. Ah ! quand je reçois l'Hostie ,
Je suis plus heureux que vous :
Mon cœur a le Pain de vie ;
Vous l'avez sur vos genoux.
      Aux louanges, etc.

Nº 3. AMOUR A L'ENFANT JÉSUS.

AIR : *Bénissons à jamais.*

Refrain : Consacrons sans retour
     A Jésus tout notre amour. } *bis.*

1. O prodige ineffable !
Le Fils de l'Éternel
Se fait pour nous mortel,
Et naît dans une étable !
     Consacrons, etc.

2. Il a quitté sa gloire
Pour rester parmi nous ;
De ce bienfait si doux

Conservons la mémoire.
    Consacrons, etc.

3. Adorons dans la crèche
L'aimable Enfant Jésus ;
Pratiquons les vertus
Qu'en naissant il nous prêche.
    Consacrons, etc.

4. Ce Sauveur adorable
Est si beau, si charmant !
Dans son abaissement
Oh ! qu'il est admirable !
    Consacrons, etc.

5. Voulons-nous être sages ?
Sans craindre aucuns dangers,
Joignons-nous aux bergers ;
Rendons-lui nos hommages.
    Consacrons, etc.

6. Que dès ce jour nos âmes
Brûlent de ses doux feux.
Que nous serions heureux
D'expirer dans ces flammes !
    Consacrons, etc.

No 4. A L'ENFANT JÉSUS,

sur les vertus de l'enfance.

Air : *Le bon roi Dagobert.*

1. Du bon petit Jésus
Je veux imiter les vertus,
De son beau paradis
J'aurai les trésors infinis,
Si j'offre mon cœur — A mon Créateur ;
Si je fuis du mal — Le sentier fatal

Refrain : O bon petit Jésus
Ah ! donnez-moi donc vos vertus.

2. En son humble berceau
Oh ! qu'il est charmant ! qu'il est beau !
Lui, mon Maître et mon Roi,
Il s'est rendu pauvre pour moi !
Que la pauvreté — Et l'humilité,
Plus riches que l'or, — Soient tout mon trésor.
O bon, etc.

3. Donnez-moi la douceur
Qui brille en votre divin cœur :
Avec elle à jamais
Je pourrai posséder la paix.
Les maux d'ici-bas — Ne troubleront pas
Le parfait chrétien — Pour qui tout est bien.
O bon, etc.

4. Rendez-moi chaste et pur,
Et conduisez-moi d'un pas sûr
En la sainte cité,
Où n'entre point l'impureté.
Fuis, monde trompeur, — Que l'humble pudeur
Me garde à jamais — La grâce et la paix.
O bon, etc.

5. Donnez-moi votre amour
Dès ce moment et sans retour.
Je dois aimer mon Dieu :
L'aimer en tout temps et tout lieu.
Si j'ai dans mon cœur — L'amour, la ferveur,
Oh ! quel heureux sort — M'attend à la mort !
O bon, etc.

6. Modèle des enfants,
On vous a vu dans tous les temps
Même à vos ennemis
Vous montrer docile et soumis.
O mon divin Roi, — Ah ! régnez sur moi.

Je veux comme vous — Rester humble et doux,
O bon, etc.

7. A la Reine des cieux
Rendez-moi dévot et pieux,
Si je suis son enfant
Au ciel j'entrerai triomphant.
Que son souvenir — Me fait de plaisir !
Oh ! que son honneur — Est cher à mon cœur !
O bon, etc.

Nᵉ 5. SUR LA PASSION

pour le chemin de la croix.

AIR : *Soupirons, gémissons, pleurons*
amèrement.

Ah ! Chrétiens, quel tableau ! quel specta-
cle touchant !
Vers le mont Golgotha le Sauveur tout sanglant
S'avance et va s'offrir pour nous en sacrifice ;
Suivons-le tout contrits, apaisons sa justice.

STATIONS.

1ʳᵉ Pécheurs , c'est à bon droit qu'il faut
pleurer, gémir.
Hélas ! pour nos péchés l'Homme-Dieu doit
mourir.
Oui, ce sont nos forfaits qui dictent sa sentence,
Et font périr Jésus, malgré son innocence.

2ᵉ De nos crimes chargée, une pesante croix
Accable le Sauveur de son énorme poids;
Je vous vois, ô Jésus, l'embrasser et la prendre:
Pour les mortels ingrats que votre amour est
tendre !

3e Mais bientôt épuisé sous les coups des
bourreaux,
Dont les verges ont mis tout son corps en
lambeaux,
Lui, le Verbe de Dieu, le maître du tonnerre,
Il tombe avec sa croix : son sang rougit la terre.

4e Suivant les pas sanglants de son Fils bien-
aimé,
Marie accourt, le cœur de douleur opprimé :
Spectacle plein d'horreur et d'affreuses tor-
tures !
Elle aperçoit Jésus tout couvert de blessures.

5e. L'heureux Cyrénéen suit le divin Agneau,
Se charge de sa croix, porte le saint fardeau.
Imitons-le chrétiens, souffrons en patience ;
Dieu nous donne la croix pour faire pénitence.

6e Admirons Véronique essuyant du Sau-
veur,
Le visage couvert de sang et de sueur :
Daignez, Seigneur Jésus, de votre face sainte
Dans nos cœurs attendris graver l'auguste em-
preinte.

7e L'Agneau de Dieu chargé de sa pesante
croix,
S'avance, mais il tombe une seconde fois :
Le péché qui surtout l'outrage et le rebute ,
C'est, ne l'oublions pas, le péché de rechute.

8e Chrétiens, imitons tous les filles de Sion:
A Jésus outragé portons compassion;
Si du péché toujours nous repoussons les
charmes,
Sur Jésus avec fruit nous verserons des larmes.

9e Quoi! mon Dieu , mon Sauveur, vous
retombez encor !
Mais sans quitter la croix, votre unique trésor:

Elle sera bientôt des humains l'espérance,
Le signe du salut, la nouvelle alliance.

10e On dépouille Jésus, on voit son corps
sacré :
On le voit, juste Ciel ! sanglant, défiguré ;
Pour expier sur lui nos crimes de luxure,
Sa chair n'est plus, hélas ! qu'une affreuse bles-
sure.

11e Au sommet du Calvaire, il a porté sa
croix :
Il l'embrasse et s'étend sur ce précieux bois ;
Avec des clous aigus au gibet on l'attache,
Et le Ciel voit s'offrir la Victime sans tache.

12e De la terre et des cieux divin Médiateur,
L'homme-Dieu va mourir pour sauver le pé-
cheur.
Il meurt, et le soleil et toute créature
Pleure dans son effroi l'Auteur de la nature.

13e De la croix on descend le corps inanimé :
Marie entre ses bras tient son Fils bien-aimé ;
Par l'effet déchirant de l'amour qui l'enflamme,
Un glaive de douleur perce à l'instant son âme.

14e Dans un sépulcre neuf on place le saint
corps :
Bientôt il sortira de ce séjour des morts ;
Oui, malgré vos fureurs et votre basse envie,
Mortels, il paraîtra plein de gloire et de vie.

Puissé-je ici mourir de douleur et d'amour,
Et voler à l'instant au céleste séjour !
Puisant au saint Sépulcre une vigueur nouvelle,
Au péché je déclare une haine éternelle.

Gravez, je vous conjure, ô mon divin Sauveur,
Votre Passion sainte à jamais dans mon cœur,
Et vous, ô tendre Mère, ô divine Marie,
Placez-moi près de vous dans l'heureuse Patrie.

N° 6. POUR LA BÉNÉDICTION
du très-saint sacrement.

AIR : *Combien j'ai douce souvenance.*

1. Jésus à qui seul je veux être,
Pourrais-je en mon cœur méconnaître
Et votre amour et vos bienfaits,
Mon Maître ?
Et de vos autels les attraits?
Jamais.

2. Du vrai chrétien l'Eucharistie
Est la nourriture et la vie :
Ah! durant mon pénible cours
L'Hostie
Sera mon trésor, mon secours
Toujours.

N° 7. SUR LA SAINTE EUCHARISTIE.

AIR : *Que cette voûte retentisse.*

1. Rendons un solennel hommage
A Jésus, monarque des Cieux :
De son amour donnant le gage
Pour nous il réside en ces lieux. } *bis.*

2. Là chaque jour en sacrifice
Il s'immole pour le pécheur ;
Il fléchit du Ciel la justice,
Il est notre Médiateur. } *bis.*

3. Là chaque jour en nourriture
Jésus (ô prodige d'amour !)
Se donne à l'âme sainte et pure ;
Ah ! que ferons-nous en retour? } *bis.*

4. Là nuit et jour il nous console,
Nous délivrant du noir chagrin;
Il parle au cœur et sa parole
Est pour tous un baume divin. } *bis.*

5. Là le Sauveur est comme un père
Entouré de ses chers enfants :
Il les soulage en leur misère,
Il les mène au ciel triomphants. } *bis.*

6. Adorons la divine Hostie :
Fléchissons ici les genoux;
C'est l'adorable Eucharistie,
Sacrement si saint et si doux. } *bis.*

7. Prosternons-nous avec les Anges;
Chantons, célébrons à jamais
Dès ici-bas par nos louanges,
Et sa mémoire et ses bienfaits. } *bis.*

8. Pour reconnaître en ce mystère
De Jésus l'ineffable amour,
Aimons, aimons ce tendre Père
Sans fin, sans borne et sans retour. } *bis.*

Nº 8. Même sujet.

AIRS : { *Heureux qui sait goûter les charmes.*
{ *Seigneur dès ma première enfance.*

1. Heureux qui caché dans son temple
S'unit à Jésus nuit et jour :
Son cœur reçoit, goûte et contemple
De son Dieu les dons et l'amour.

Refrain. Trésor des cieux, divine Hostie,
Sois ici-bas tout mon bonheur:
Où trouverai-je en cette vie
Un objet plus cher à mon cœur? (*bis*).

4. O fleurs, votre parfum suave
Avec l'encens s'élève aux cieux ;
Quand délivré de toute entrave,
Doux Sauveur, plairai-je à vos yeux ?
    Trésor, etc.

5. O fleurs, autour du sanctuaire,
Ah ! je vous vois vivre et mourir ;
Puisse-je aussi près de mon Père
Rester jusqu'au dernier soupir !— Trésor, etc.

6. Que je vous vois avec envie
Heureuse lampe, heureux flambeaux !
Que je voudrais passer ma vie
A brûler de feux aussi beaux !— Trésor, etc.

7. Que je voudrais à votre exemple
Briller auprès de mon Jésus,
Ornant son autel et son temple
Par mon amour et mes vertus !— Trésor, etc.

8. Vase sacré, ciboire auguste,
Qui me caches mon Bien-aimé,
D'un saint dépit n'est-il pas juste
Qu'envers toi je sois animé ? — Trésor, etc.

9. De mon Sauveur fidèle asile
Tu me le gardes nuit et jour ;
Ah ! si j'étais le domicile
De mon Jésus, de mon Amour !— Trésor, etc.

10. Mais pourquoi vous porter envie,
Vase sacré, flambeaux et fleurs ?
En moi descend le Pain de vie :
C'est là le comble des faveurs. — Trésor, etc.

11. Alors possédant en moi-même
Jésus, mon amour, mon désir,
Jésus, mon tout, mon bien suprême,
Hélas ! pourquoi ne pas mourir ?— Trésor, etc.

12. Pourquoi du moins ne pas me fondre,
Me consumer de ses doux feux ?

2

C'est le seul moyen de répondre
A son amour si généreux. — Trésor, etc.

13. Va, mon cœur et tourne sans cesse,
Semblable au léger papillon,
Autour de Jésus qui te blesse
De son doux et tendre aiguillon.—Trésor, etc.

14. Va, plein d'amour et d'espérance,
Te reposer près de Jésus :
Devant l'Autel en sa présence
Prie et ne crains pas les refus. —Trésor, etc.

15. Mais voici l'heure désirée
De recevoir ce Dieu d'amour;
A tout péché fermant l'entrée,
Aimons-le donc et sans retour.—Trésor, etc.

Nº 9. Soupirs vers Dieu.

Air : *Quand de la terre où je soupire.*

1. Depuis longtemps mon cœur soupire
Et gémit dans sa prison.
Il est blessé, mais sans mot dire :
Il craindrait sa guérison.

Refr. O mon Dieu, trésor de mon âme,
Pour toi je brûle et je m'enflamme ;
Quand pourrai-je entrer dans les cieux?
Quand te verrai-je de mes yeux ?

2. Quelle est douce cette blessure !
Mon cœur est brûlé d'amour ;
Mais pour nourrir sa flamme pure,
Il veut quitter ce séjour.
O mon Dieu, etc.

3. Dis, mon âme, qui t'a blessée,
Et qui t'a ravi le cœur ?

C'est Dieu, l'objet de ta pensée,
  Dieu, ton trésor, ton bonheur.
    O mon Dieu, etc.

4. Soupire, ah! soupire sans cesse,
  Aime et gémis en tout lieu;
C'est le secret de la sagesse
  De brûler d'amour pour Dieu.
    O mon Dieu, etc.

5. Jésus étant le Bien suprême
  Et nous donnant son amour,
Ne faut-il pas que chacun l'aime,
  En le payant de retour?
    O mon Dieu, etc.

6. Que notre amour soit une flèche
  Qui blesse aussi notre Amant,
Jésus qui caché dans la crèche
  Nous aima si tendrement.
    O mon Dieu, etc.

7. Oui, mon cœur, aime, aime et soupire,
  Languis d'amour pour Jésus;
L'âme fidèle ne désire
  Que le voir et rien de plus.
    O mon Dieu, etc.

8. Venez à moi, venez saints Anges,
  Portez mes vœux, mes soupirs;
Portez mon tribut de louanges
  A l'objet de mes désirs.
    O mon Dieu, etc.

9. Dites: celui qui nous envoie
  Gémit dans son dur exil;
A la douleur il est en proie:
  De ses jours tranchez le fil.
    O mon Dieu, etc.

10. Anges, dites-lui que je l'aime;
  Mais je crains de l'offenser,

De perdre ainsi le Bien suprême :
    Ah ! je me meurs d'y penser !
    O mon Dieu , etc.
11. O mort, brise mon esclavage,
    Laisse-moi voir mon amour :
Je veux pour unique partage
    Aimer mon Dieu sans retour.
    O mon Dieu , etc.

No 10. Soupirs vers le Ciel.

Air : *Que le Seigneur est bon ! Que son joug*
est aimable.

1. Je languis, je me meurs et l'ennui me dévore ;
Quand, Seigneur, entrerai-je en votre saint
    palais ?
Combien de temps sur terre habiterai-je encore ?
Le terme de l'exil ne viendra-t-il jamais ?

2. Le monde est un néant, ses biens de la
    fumée :
Le cie , oui le ciel seul est digne de mon cœur.
Mais, quel sujet d'effroi pour mon âme alarmée !
Je puis perdre en un jour cet éterne bonheur.

3. O monde, loin de moi tes honneurs, tes
    délices ,
Donne à tes partisans ta richesse et ton or ;
Tous les biens d'ici-bas sont pour moi des
    supplices :
Jésus est mon amour , le ciel est mon trésor.

4. O ciel, ô des élus l'éternelle patrie ,
Quand me montreras-tu l'objet de mon amour ?
Quand vous contemplerai-je, ô Jésus, ô Marie ?
Mon Dieu, retirez-moi de ce triste séjour.

5. Hélas! que puis-je faire en ce pélerinage?
Je ne puis que pleurer, soupirant vers les cieux.
Ah! terminez, Seigneur, ce trop long esclavage:
Pour guérir tous mes maux, montrez-vous à
mes yeux.

N° 11. Sur les huit Beatitudes.

Air : *Sainte cité demeure permanente.*

1. Pauvres du Christ, ses amis et ses frères,
Vous avez droit au royaume des cieux ;
Portez en paix vos peines, vos misères :
Consolez-vous , vous êtes bienheureux.

2. Vous que l'on voit au milieu des outrages
Le cœur serein, le front calme et joyeux ;
Votre douceur peut braver les orages :
Consolez-vous , vous êtes bienheureux.

3. Vous pénitens, qui répandez des larmes
Sur vos péchés, souvenir douloureux ,
Un jour du ciel vous goûterez les charmes :
Consolez-vous, vous êtes bienheureux.

4. Vous qui sentez la faim de la justice ,
Vous goûterez des mets délicieux ;
A vos désirs Dieu se rendra propice :
Consolez-vous, vous êtes bienheureux.

5. O vous, du pauvre aimable providence ,
Dieu vous sera miséricordieux ;
Aux affligés vous prêtez assistance :
Consolez-vous, vous êtes bienheureux.

6. Vous qui gardez la pureté de l'âme ,
Vous pourrez voir dans la gloire des cieux
Dieu dont l'amour vous brûle et vous enflamme;
Consolez-vous , vous êtes bienheureux.

7. Enfants de Dieu, fermes et pacifiques
Dans les assauts d'un monde dangereux,
Vous cueillerez des palmes magnifiques :
Consolez-vous, vous êtes bienheureux.

8. Vous qui souffrez, martyrs de la justice,
Des maux sans nombre et des tourmens affreux,
Du bon Sauveur vous buvez le Calice :
Consolez-vous, vous êtes bienheureux.

Nᵒ 12 Sur les bienfaits de Marie

AIRS.
Sainte cité, demeure permanente.
Je te salue auguste et sainte Reine.
L'encens divin embaume cet asile.
Je suis aimé de toi, Mère chérie.

avec le refrain suivant pour les 3 1ers airs :

Bonne Madonne,
En ces bas lieux
Sois ma Patronne ;
Conduis-moi dans les cieux. } bis.

ou le refrain suivant pour le 4e air :
De ta main chérie,
Dans nos cœurs
Verse, ô bonne Marie,
Tes faveurs.

1. Je te salue, auguste Sanctuaire,
Où de Marie on reçoit les bienfaits,
O sûr abri, refuge salutaire,
Bienheureux port, asile de la paix.

2. Séjour sacré, séjour de l'innocence,
Où de Marie on goûte la douceur,
Verse en mon âme un rayon d'espérance,
Rends-moi la paix, la grâce et le bonheur.

3. Ma vie, hélas! n'est qu'un dur esclavage:
Sans cesse il faut affronter le danger ;
Toujours mon cœur est battu par l'orage :
O bonne Mère, ah! viens me protéger.

4. Heureux cent fois l'enfant qui sous ton
aile
Demeure en paix caché dans ces saints lieux !
Tendre Marie, oui, ta main maternelle
Guide ses pas et le conduit aux cieux.

5. Ici penché sur le sein de ma Mère,
Je verse en paix mes peines et mes pleurs ;
Fixant sur moi son regard débonnaire,
Elle y répand ses plus douces faveurs.

6. Ah ! c'en est trop, mon aimable Patronne;
Quoi ! sur ton sein tu reçois un pécheur !
A cet ingrat tu te montres si bonne !
Reçois, reçois l'hommage de mon cœur.

7. Dans ma prison nuit et jour je m'écrie :
Délivre-moi de la captivité ;
Brise mes fers, ô ma Mère chérie,
Tranche mes jours, rends-moi la liberté.

8. O sort heureux ! dans mon humble prière
La paix du ciel vient inonder mon cœur :
Puisse bientôt mon âme prisonnière
Prendre son vol au séjour du bonheur !

N° 13. SOUPIRS DU PÉCHEUR

aux pieds de Marie

AIR : *O douleur amère et profonde.*

Ce cantique, ainsi que le suivant, peut aussi se chanter sur les airs : *Je vais revoir ma Normandie*, ou *Par les chants les plus magnifiques*, en prenant le 2ᵉ couplet pour refrain.

1. Aimable et divine Marie,
Ne rejetez point un pécheur ;
Ecoutez sa voix qui vous crie :
Prenez pitié de mon malheur.
Refrain.   Bonne Madone, *(bis.)*
O doux refuge du pécheur,
Soyez ma Mère et ma Patronne ;
Bonne Madone, *(bis.)*
Ah ! placez-moi dans votre cœur.

2. Tendre Mère, douce Patronne,
Vos regards sont fixés sur nous ;
Au pécheur vous êtes si bonne !
Souffrez que je recoure à vous.
Bonne Madone, etc.

3. Je viens vous demander ma grâce :
En ce jour vous me désarmez ;
Je viens réclamer une place
Parmi vos enfants bien-aimés.
Bonne Madone, etc.

4. De Satan la noire furie,
Du monde les illusions
Allument, ô Vierge Marie,
En moi le feu des passions.
Bonne Madone, etc.

5. Ah ! réprimez l'aveugle rage
Des ennemis de mon salut ;
Contre eux soutenez mon courage.
Déjouez leur coupable but.
    Bonne Madone , etc.

6. Daignez me rendre l'innocence ,
La paix, la grâce et votre amour ;
Dressez-moi dans votre clémence
Un trône au céleste séjour.
    Bonne Madone , etc.

7. Touché de vos bontés, ma Reine,
Je me prosterne à vos genoux;
Je vous choisis pour Souveraine:
Pour jamais je suis tout à vous.
    Bonne Madone, etc.

8. Accordez-moi, Vierge chérie,
De Joseph le bienheureux sort,
De mourir dans vos bras, Marie ,
Et de là parvenir au port.
    Bonne Madone , etc.

N° 14. LOUANGES A MARIE.

Air : *L'enfant près de sa tendre Mère.*

1. Marie, ô vous, Fille du Père,
Sainte Épouse du Dieu d'amour ,
Vierge , du Fils l'auguste Mère,
Ah ! Bénissez-nous en ce jour.
Refr. Dans ces saints lieux, près de Marie ,
    Je vois en paix couler mes jours.
Je ne crains plus de Satan la furie :
Ma Mère est là me protégeant toujours. *bis.*

2. Laissez-moi chanter vos louanges ;
Et célébrer votre bonté ;

Ah ! permettez qu'avec les Anges
Je contemple votre beauté.—Dans ces, etc.

5. Marie, oh ! que vous êtes belle,
Des lis éclipsant la blancheur !
Vous êtes l'Aurore nouvelle
Qui donne au monde son Sauveur.-Dans etc

4. Charmante fleur, rose sans tache,
Votre beauté reluit sans fin;
Près de vous tout astre se cache,
Brillante Etoile du matin.—Dans ces, etc.

5. De grâces vous êtes remplie,
Vase honorable, ô maison d'or :
Vous êtes la femme accomplie
Qui du ciel versez le trésor.—Dans ces, etc.

6. Source de paix, source de joie,
Venez, consolez vos enfants ;
A tant de maux ils sont en proie !
Rendez-les toujours triomphans.--Dans, etc

7. Accourez, Vierge très-prudente,
Et guidez chacun de nos pas ;
Du monde enchanteur qui nous tente
Dissipez les trompeurs appas.—Dans, etc.

8. Vase d'honneur, rose mystique,
Par vous les cieux sont embaumés,
Et dans ce sanctuaire antique
D'amour nos cœurs sont enflammés.
Dans ces saints, etc.

9. Soyez toujours, bonne Marie,
L'espoir, l'honneur du nom chrétien,
Notre refuge et notre vie,
Contre Satan notre soutien.—Dans, etc.

10. Oh! quand pourrai-je avec les Anges
M'unissant à leurs chants d'amour,
Vous voir et chanter vos louanges,
Sans fin dans l'éternel séjour?—Dans, etc.

N° 15. ASPIRATIONS VERS MARIE.

AIR : *Reine des cieux.*

1. Sur ces saints lieux—Jette les yeux,
Marie, aimable Patronne ;
Dans ce séjour, — Par ton amour
Protége-nous, ô Madone. *(bis.)*
2. Dans nos combats — Ne craignons pas
Du noir Satan la furie,
Quand protégés —De tous dangers
Nous combattons pour Marie. *(bis.)*
3. Notre trésor — Plus cher que l'or,
C'est ton amour, bonne Mère :
Rends-nous heureux — Et sur nos vœux
Jette un regard salutaire. *(bis.)*
4. Nous voici tous — A tes genoux
Pour t'invoquer, ô Marie :
Notre bonheur — Est dans ton cœur,
Dans ton regard notre vie. *(bis.)*
5. De ton amour— En ce saint jour
Viens vite embraser nos âmes ;
Ah ! quel bonheur ! — Quelle douceur
De brûler de telles flammes ! *(bis.)*
6. Guide nos pas — Loin des appas
Qu'offre ce monde volage ;
Regarde-nous — A tes genoux
Priant devant ton Image. *(bis.)*
7. Que tes enfants — Soient triomphants
Par ta puissance ô Marie.
S'ils te sont chers, — Brise leurs fers,
Conduis-les dans la Patrie. *(bis.)*
Dans le séjour — Du pur amour
Nous te verrons, bonne Mère :
Nous te verrons, — Nous t'aimerons
Avec Jésus, notre frère. *(bis.)*

Nº 16. L'IMMACULÉE CONCEPTION
et la Nativité de Marie.

AIR : *Mon cœur en ce jour solennel.*

1. Chantons en ce jour solennel
De notre Mère les louanges ;
A genoux devant son Autel
Unissons-nous au chœur des Anges.
Refr. Reine des cieux, de ton amour } *bis.*
    Embrâse nos cœurs en ce jour.

2. Si nous admirons la blancheur
Du lis croissant dans la prairie,
Sachons que cette aimable fleur
Est le symbole de Marie.
    Reine des cieux, etc.

3. Le cœur de la Reine des cieux,
Beau lis, l'amour de la nature,
Des mortels trésor précieux,
A l'innocence pour parure.
    Reine des cieux, etc.

4. Dès que ce cœur fut animé
Sortant d'une coupable tige,
Dans la grâce il fut confirmé
Par un admirable prodige.
    Reine des cieux, etc.

5. Naissant dans la grâce et l'amour,
Elle est la douce et belle Aurore,
Au monde annonçant l'heureux jour
Du Sauveur que la terre implore.
    Reine des cieux, etc.

6. Reçois nos vœux et nos désirs,
Marie, ô Vierge immaculée ;
Entends nos cris et nos soupirs,
O Lis charmant de la vallée.
    Reine des cieux, etc.

7, Daigne ici-bas nous protéger
Vierge clémente et sans souillure ;
Mets-nous à l'abri du danger ,
Garde notre âme chaste et pure.
    Reine des cieux, etc.

N° 17. CONSÉCRATION A MARIE.

AIR : *Quelle nouvelle et sainte ardeur.*

1. Rassemblons-nous sous les drapeaux
D'une Mère auguste et chérie,
Offrons tous en des chants nouveaux
Nos cœurs à l'aimable Marie.
Ref. Reine des cieux, regardez vos enfants ;
    Exaucez leur prière :
    Au ciel un jour placez-nous triomphants,
    Montrez-vous notre Mère. *(bis)*.
2. Accourons-tous en ces saints lieux,
Pour présenter un humble hommage
A l'auguste Reine des cieux,
A genoux devant son Image. — Reine, etc.
3. Comment exprimer les faveurs
Qu'offre la Vierge débonnaire?
Ah ! que l'on goûte de douceurs
Aux pieds de cette bonne Mère! — Reine, etc.
4. Heureux qui reçoit les bienfaits
De cette aimable et sainte Reine,
Et qui charmé de ses attraits
La prend pour Mère et Souveraine!—Reine, etc
5. A-t-elle jamais rebuté
Celui qui l'aime et qui l'honore ?
Que plein de foi, de piété,
Ici chacun de nous l'implore. —Reine, etc.
6. Demandons-lui dans ce saint lieu

Sur nos passions la victoire,
Le zèle pour la loi de Dieu,
Et du ciel l'éternelle gloire. — Reine, etc.

7. Contre les terribles dangers,
Que nous offre un perfide monde,
Voulons-nous être protégés?
Marie est là qui nous seconde. — Reine, etc.

8. En vain les enfers déchaînés
Déploieraient toute leur furie,
Nous serons saints, prédestinés,
Si nos cœurs invoquent Marie. — Reine, etc.

9. Secourez-nous, Reine des cieux,
Dans votre béni sanctuaire;
Sur vos enfants jetez les yeux,
Compatissez à leur misère. — Reine, etc.

10. Brillante Etoile de la mer,
Ah! préservez-nous du naufrage;
Défendez-nous contre l'Enfer,
La chair et le monde volage. — Reine, etc.

11. Quand viendra l'heure du trépas,
Dans la douloureuse agonie,
Ah! ne nous abandonnez pas :
Prêtez-nous votre main bénie. — Reiné, etc.

12. Conduisez-nous après la mort
Au ciel, le séjour de la gloire,
Et qu'à jamais notre heureux sort
Soit de bénir votre mémoire. — Reine, etc.

Nº 18. MOIS DE MARIE.

Air : *Le voici, l'Agneau si doux.*

Ref. Voici le mois bien-aimé,
Le mois de ma Mère,

Son autel est embaumé ,
Mon cœur enflammé.

1. De l'auguste Mère
Voici l'heureux mois ;
D'un accord sincère
Chantons à la fois:—Voici,etc.

2. Partout la nature
Revêt sous nos pas
Sa belle parure ,
Ses brillants appas.—Voici,etc.

3. Déjà l'hirondelle
Par un prompt retour
D'un instinct fidèle
Prédit le beau jour.—Voici,etc.

4. Déjà du bocage
Le petit oiseau
Chante en son ramage
Un chant tout nouveau.—Voici.

5. Déjà la prairie
S'émaille de fleurs :
Offrons à Marie
Ces fleurs et nos cœurs.-Voici.

6. L'agneau dans la plaine
Bondit tout le jour ,
Le berger le mène
Sous un joug d'amour.--Voici.

7. Prenez-nous, Marie ,
Pour vos chers agneaux ;
Votre main chérie
Guérira nos maux.—Voici,etc.

8. Divine Bergère ,
Recevez nos cœurs:
C'est l'humble prière
Des pauvres pécheurs.   Voici.

9. Que votre houlette
Dirige nos pas ;
Qu'elle nous soumette
A vos doux appas.—Voici, etc.

10. Qué sous votre empire
Le cœur chaque jour
En tout ne respire
Que le pur amour.—Voici, etc.

No 19. Même sujet.

Même air.

Refr. Le voici le mois si beau,
  Le mois de Marie ;
Chantons sur le chalumeau
Un air tout nouveau.

1. O Vierge Marie ,
Voyez en ces lieux
Le peuple qui prie
D'un air si pieux.—Le voici, etc

2. Devant votre Image
Ce peuple enchanté
Vous demande un gage
D'amour, de bonté.—Le voici.

3. Vierge débonnaire ,
Cédez à nos vœux ;
Soyez notre Mère ,
Rendez-nous heureux.—Le voi.

4. Loin du précipice
Dirigez nos pas ,
Dissipez du vice
Les trompeurs appas.-Le voici.

5. Le monde volage
Appelle aux plaisirs ;

Mais vers Dieu le sage
Porte ses désirs.—Le voici, etc.

6. Heureux qui méprise
Le monde trompeur ,
Et tient pour devise :
Amour au Seigneur!—Le voici, etc.

7. Aimable Patronne ,
Ecoutez nos voix :
Soyez douce et bonne
Durant ce beau mois. — Le voici.

8. Faites=nous la grâce
De croître en vertus ,
D'avoir une place
Parmi les élus.—Le voici, etc.

9. Ah ! dans la Patrie
Menez vos enfants ,
Près de vous, Marie ,
Joyeux, triomphants.—Le voici, etc.

Nº 20. INVOCATIONS A MARIE.

AIR : *Amour au divin Rédempteur.*

1. Salut (3 *fois*), refuge des pécheurs.
Vers toi nuit et jour je soupire ;
Oh ! qu'à jamais ton doux empire
Soit affermi dans tous les cœurs!
Salut , refuge des pécheurs. (*bis*.)

2. Salut (3 *fois*) , espoir de l'affligé.
Vois à tes genoux , ô Marie ,
Un infortuné qui te prie ;
Parle et je serai soulagé.
Salut , espoir de l'affligé. (*bis*.)

3. Salut (3 *fois*) , Mère du bel amour.
Ah ! place-moi sous ta bannière ,

Et sois mon guide et ma lumière :
Je me donne à toi sans retour.
Salut , Mère du bel amour. (*bis*.)

N° 21. Adieux à Marie.

Même air :

1. Je parts (3 *fois*) ; ô tendre Mère, adieu.
Je quitte, hélas ! ton sanctuaire,
Asile saint et salutaire
Où j'ai fait la paix avec Dieu.
Je parts ; ô tendre Mère, adieu. (*bis*).
2. Adieu (3 *fois*) ; Marie, ô mon espoir.
Je parts et déjà la tempête
S'élève en grondant sur ma tête ;
Ah ! garde-moi sous ton pouvoir.
Adieu, Marie, ô mon espoir. (*bis*).
3 Adieu (3 *fois*). Vierge de Bon Secours.
Prosterné devant ton Image ,
J'étais à l'abri de l'orage ;
Je parts, mais garde-moi toujours.
Adieu, Vierge de Bon Secours. (*bis*).

N° 22. Adieux au sanctuaire de Marie.

Air : *Adieu, mon beau navire*, ou (en otant le
refrain) l'air : *Je mets ma confiance*.

Refrain. Adieu, Mère chérie,
      Mon espoir (*bis*), mon amour ;
      Adieu, bonne Marie,
      Gardez-moi (*bis*) chaque jour.

1. Adieu, doux sanctuaire,
Témoin de mes soupirs,

Où mon aimable Mère
Comblait tous mes désirs ;
Je te quitte (*bis*) et je pleure
Inquiet sur mon sort,
Et je vais dès cette heure
Me jeter (*bis*) loin du port. — Adieu, etc.

    2. Au sein de la tempête
Vierge, protégez-moi :
Ah ! défendez ma tête
Et calmez mon effroi.
Me gardant (*bis*) une place
Dans votre divin cœur,
Conservez-moi la grâce,
Votre amour (*bis*), la ferveur. — Adieu. etc.

    3. Vous seule, ô bonne Mère,
Vous pouvez me charmer ;
Soulagez ma misère,
Laissez-moi vous aimer.
En vous seule (*bis*), ô Marie,
Je trouve un sûr appui,
Et dans ma triste vie
Un remède (*bis*) à l'ennui. — Adieu, etc.

    4. Adieu, douce Madone,
Vous êtes mon secours :
A vous je m'abandonne
Aujourd'hui pour toujours.
Ah ! veillez (*bis*), ô Marie,
Veillez sur votre enfant ;
Au ciel, en la patrie
Menez-le (*bis*) triomphant. — Adieu, etc.

N° 23. RÉSOLUTIONS

en quittant le sanctuaire de Marie.

AIR : *Combien j'ai douce souvenance.*

1. Toujours de votre main chérie,
Sur l'heureux chrétien qui vous prie,
Vous versez vos dons, vos faveurs,
Marie ;
Consacrons-lui, pauvres pécheurs,
Nos cœurs.
2. Pourrais-je, hélas ! dans ma misère
Oublier, mortel téméraire,
Et vos faveurs et vos bienfaits,
Ma Mère ?
Et votre amour et vos attraits ?
Jamais.
3. Si je vois faiblir mon courage,
Aux pieds de votre auguste Image
On me verra chercher secours ;
L'orage
Soudain détournera son cours
Toujours.

N° 24. Sur l'Ange Gardien.

AIRS : { *Goûtez, âmes ferventes.*
{ *D'une Mère chérie.*

1. Dieu dont la providence
Cherche toujours mon bien,
M'a donné dès l'enfance
Un Ange pour soutien.

Refr.   Heureux qui du bon Ange
Ecoute le conseil !
Sa paix est sans mélange,
Son bonheur sans pareil. (*bis*).

2. Protégé sous son aile,
En ce triste désert
Contre l'Ange rebelle
Je me trouve à couvert. — Heureux, etc.

3. Dès ma première enfance
Il veille sur mes jours ;
Ses soins, son assistance
M'accompagnent toujours. — Heureux, etc.

4. De l'ardente jeunesse
S'il est le ferme appui,
De la triste vieillesse
Il console l'ennui. — Heureux, etc.

5. Si mon cœur est docile
A l'Ange Gardien,
Il me sera facile
De pratiquer le bien. — Heureux, etc.

6. Comme une bonne Mère
Il dirige mes pas ;
Pour guérir ma misère,
Il me prête son bras. — Heureux, étc.

7. Si le monde volage
Cherche à tromper mon cœur,
L'Ange par son langage
M'en inspire l'horreur. — Heureux, etc.

8. Quand la sombre tristesse
Me glace et m'engourdit,
Sa vigilante adresse
M'excite et m'affermit. — Heureux, etc.

9. Mon âme est-elle en proie
Aux maux, à la douleur ?
Il me montre la voie
Qui mène au vrai bonheur. — Heureux, etc.

10. Quand ma misère accable
Mon esprit abattu,
Son secours favorable
M'anime à la vertu. — Heureux, etc.

11. La nuit quand je sommeille,
Il se tient près de moi ;
Et quand je me réveille,
Il réveille ma foi. — Heureux, etc.

12. Si parfois je m'égare,
J'invoque son secours,
Et comme un brillant phare,
Il m'éclaire toujours. — Heureux, etc.

13. Du monde la tempête
Mugit-elle en fureur ?
Il protège ma tête
Et bannit ma frayeur. — Heureux, etc.

14. Qu'à mon heure dernière
Qui fixera mon sort,
Son zèle et sa prière
Me conduisent au port! — Heureux, etc.

15. Quand sur votre parole
Je fermerai les yeux,
Seigneur, que je m'envole
Avec lui dans les cieux! — Heureux, etc.

N° 25. Sur Saint-Joseph.

Air : *Par les chants les plus magnifiques.*

1. Chrétiens, honorons la mémoire,
Du juste chantons les vertus;
De Joseph célébrons la gloire ;
C'est le bien-aimé de Jésus.
Refr., Joseph, chaste époux de Marie,
    Des mourants puissant protecteur,

Sois notre guide dans la vie, } *bis.*
A la mort notre défenseur. }

2. De Jésus gardien fidèle,
Il en est l'ami, le soutien:
Sa vie est un parfait modèle
Que doit imiter tout chrétien.—Joseph, etc.

3. A Bethléem avec Marie
Il adore le Dieu Sauveur,
Et bientôt loin de la patrie
Il porte Jésus sur son cœur.—Joseph, etc.

4. Dans la pauvreté, la misère
Il méprise l'argent et l'or;
Mais Jésus l'appelle son père :
Que peut-il désirer encor?— Joseph, etc.

5. Joseph est simple et sans envie;
Mais il contemple le Sauveur;
Il le nourrit durant sa vie,
Il commande à son Créateur.— Joseph, etc.

6. O chef de la sainte famille,
Le beau lis de la chasteté
En ton cœur pur fleurit et brille,
Sûr garant de ta sainteté.— Joseph, etc.

7. Que de merveilles dans ton âme !
Je vois sur ton front la douceur,
Et de l'amour la sainte flamme
Fait briller ta foi, ta ferveur.—Joseph, etc.

8. Dans ton cœur enrichi de grâces
J'admire la simplicité :
Partout j'y découvre les traces
D'une profonde humilité. — Joseph, etc.

9. Heureux qui plein de confiance
T'invoque, ô grand saint, chaque jour !
Son cœur a la douce assurance
De croître dans le saint amour.—Joseph, etc.

10. De l'abîme de ma misère
A Joseph je veux recourir;

Il est mon guide, il est mon frère :
Peut-il ne pas me secourir ? — Joseph, etc.

11. Grand saint, apprends-moi comme on
aime
Et comme on s'unit à Jésus,
Comme on obtient le bien suprême,
En croissant toujours en vertus.-Joseph, etc.

12. Heureux qui comme toi demeure
Avec Marie, avec son Dieu !
Heureux qui dans sa dernière heure
Dans leurs bras dit au monde adieu. - Joseph.

13. Grand saint, protecteur de ma vie,
Accorde-moi ton heureux sort ;
Qu'avec Jésus, avec Marie
Je meure d'une sainte mort.   Joseph, etc.

N° 26. Sur Saint Vincent de Paul.

AIR : *Sur tes autels, ô ma Patrie*, (cantique
du sacré Cœur de Jésus).

1. Sur tes autels, ô ma Patrie,
Qu'aperçois-je dans ce beau jour ?
Saint Vincent dont toute la vie
Fut un sublime acte d'amour.
Français, que la reconnaissance
Éclate aujourd'hui dans nos cœurs,
Pour les bienfaits et les faveurs
Du grand Apôtre (de la France (3 fois). } bis.

2. Enfant, sur le sein de sa mère,
Vincent puise la charité,
Le spectacle de la misère
Sert d'aliment à sa bonté.
Chrétiens, ah ! prenons confiance
En ce héros dont le grand cœur

Fut si plein d'amour et d'ardeur :
Chantons l'Apôtre (de la France (3 *fois*). } *bis.*

3. Vincent, ainsi que Jérémie,
Gémit dans la captivité;
Mais sur une terre ennemie
Il bénit de Dieu l'équité.
Rempli d'une sainte assurance,
Vers Marie élevant les yeux,
Il l'invoque d'un ton pieux;
Chantons l'Apôtre (de la France (3 *fois*). } *bis.*

4. Le jour où le Dieu du tonnerre
Près de Damas terrasse Saul,
En fait l'Apôtre de la terre,
Il découvre à Vincent de Paul
Et des missions l'importance
Et leurs nombreux fruits de salut :
Fondant un nouvel Institut,
Il est l'Apôtre (de la France (3 *fois*). } *bis.*

5. Mais du *Sauveur* suivant l'exemple,
Ce sont les pauvres qu'il instruit,
Qu'il cherche et que son œil contemple,
Qu'il aime et que sa main bénit.
Vincent, vivante Providence,
Est sans cesse avec vérité
Le prêtre de la charité,
Le saint Apôtre (de la France (3 *fois*). } *bis.*

6. Vincent aux entrailles de mère
Porte les pauvres sur son cœur ;
Il est touché de leur misère,
Il les soulage avec ardeur.
Pour eux quittant sa répugnance,
Il frappe à la porte des grands,
Des princes et des conquérants :
Aimons l'Apôtre (de la France (3 *fois*). } *bis.*

7. Dans sa prudence il veut étendre,
Régler des aumônes l'emploi ;

Alors on le voit entreprendre
Ce que n'eût fait un puissant roi :
Par ses soins et sa vigilance
Un nouvel Ordre est enfanté,
C'est l'Ordre de la Charité :
Gloire à l'Apôtre (de la France (3 *fois*). } *bis.*

8. O vous tous, qui versez des larmes,
A souffrir semblant destinés,
Calmez vos cris et vos alarmes :
Des Anges de paix vous sont nés.
O prodige de bienfaisance !
L'enfant, le vieillard, l'affligé,
L'indigent, tout est soulagé,
Grâce à l'Apôtre (de la France (3 *fois*). } *bis.*

9. Mais c'est trop peu ; le sanctuaire
Réclame le bras de Vincent :
Il fonde un premier séminaire ;
C'est du clergé l'espoir naissant.
Dieu bénit la sainte semence ;
Bientôt ces asiles pieux
Sont érigés dans tous les lieux,
Grâce à l'Apôtre (de la France (3 *fois*). } *bis.*

10. Au milieu de ces grands ouvrages
Je vois l'Apôtre des Français,
Donnant l'exemple à tous les âges,
Répandre partout les bienfaits :
Je le vois prêter assistance
Aux forçats, aux rois, au clergé,
Au noble, au pauvre, à l'affligé,
En digne Apôtre (de la France (3 *fois*). } *bis.*

11. Après une longue carrière
Il voit enfin venir la mort :
Le ciel lui montre sa lumière ;
Bientôt il va toucher au port.
Rempli d'une humble confiance,
Vers les cieux élevant son cœur,

Il meurt en paix dans le Seigneur : }
Gloire à l'Apôtre (de la France (3 *fois*). } *bis*.

12. Il meurt, mais en mourant il donne
A tous sa bénédiction;
Il meurt et chacun s'abandonne
Aux regrets, à l'affliction.
On pleure un père. Ah ! l'espérance
Bientôt se mèle aux chants de deuil ;
On pleure , et jusqu'en son cercueil
Il est l'Apôtre (de la France (3 *fois*). } *bis*.

13. Le ciel a publié la gloire
Du héros de la charité ;
O France , honore la mémoire
De l'ami de l'humanité.
En ce grand saint prends confiance :
Il règne au céleste séjour.
Uni sans cesse au Dieu d'amour ,
Il est l'Apôtre (de la France (3 *fois*.) } *bis*.

14. Il fut de la France le père ,
Le sauveur et le bienfaiteur,
Le soutien et l'ami sincère :
Il est encor son protecteur.
Mettons en lui notre espérance ;
Il est toujours plein de bonté,
Plein de zèle et de charité,
Toujours l'Apôtre (de la France (3 *fois*). } *bis*.

15. Vincent de Paul, ô père tendre,
Parfait disciple de Jésus,
De toi nous voulons tous apprendre
La science et l'art des élus.
Prends dans les cieux notre défense ;
Grand saint, change et règle nos mœurs :
Toujours tu vivras dans nos cœurs,
O saint Apôtre (de la France (3 *fois*). } *bis*.

PRIÈRE
à Notre Dame de Bonne-Garde.

Sainte Vierge Marie, auguste Mère de Dieu, glorieuse Reine du ciel et de la terre, daignez dans votre miséricorde jeter les yeux sur moi, pauvre pécheur, qui viens vous prier dans votre béni sanctuaire. Notre-Dame de Bonne-Garde, oh ! de grâce, gardez-moi bien tous les jours de ma vie et préservez-moi de tous les dangers du corps et de l'âme. Souffrez que j'implore aussi votre bonté maternelle pour mes parents, mes bienfaiteurs, mes amis et même pour mes ennemis et généralement pour tous ceux pour lesquels je suis obligé de prier. N'oubliez pas, bonne Mère, aimable patronne, ceux de vos enfants qui sont exposés à mille dangers au milieu des flots de la mer. Protégez-les, vous qui êtes l'Étoile de la mer et conduisez-les heureusement au port désiré. O Marie, refuge des pécheurs, nous avons recours à vous, guérissez les plaies de nos âmes. O Marie, santé des infirmes, guérissez les plaies de nos corps. O Marie, secours des chrétiens, mettez-nous à couvert de tous dangers sous vos ailes maternelles, et à travers les écueils de la mer orageuse de ce monde, conduisez-nous au port de la bienheureuse éternité. Ainsi soit-il.

PRIÈRE
pour la conversion des pécheurs

Combien les âmes vous sont chères, ô mon

Dieu ! Toutes sont créées à votre image et rachetées au prix du sang de Jésus-Christ, votre divin Fils. Aussi nous dites-vous dans vos Livres saints que vous les aimez et que vous voulez leur salut. Cependant, ô mon Dieu ! un grand nombre d'entre elles se perdent et tombent dans les abîmes éternels. Ne vous contentez donc pas d'attendre les pauvres pécheurs, ô Dieu de bonté! attirez-les à vous par la force de votre grâce et convertissez-les. Pauvres pécheurs nous-mêmes, nous ne méritons pas d'être exaucés; mais nous vous demandons humblement cette grâce par les mérites de Jésus-Christ, votre divin Fils, qui est mort pour le salut de tous, et qui vit et règne avec vous en l'unité du Saint-Esprit, dans les siècles des siècles. Ainsi soit-il.

PRIÈRE

pour les quatre-vingt mille personnes
qui doivent mourir aujourd'hui
(dans les vingt-quatre heures).

O très-miséricordieux Jésus, vous qui brûlez d'un si ardent amour pour les âmes, je vous en conjure par l'agonie de votre très-saint Cœur et par les douleurs de votre Mère Immaculée, purifiez dans votre sang tous les pécheurs de la terre qui maintenant sont à l'agonie ou qui par un accident quelconque doivent mourir aujourd'hui même. Cœur agonisant de Jésus, ayez pitié des mourants, donnez-leur le repos éternel. Ainsi soit-il.

Invocations pour la bonne mort.

Jésus, Marie, Joseph, je vous donne mon cœur, mon esprit et ma vie.

Jésus, Marie, Joseph, soyez mes défenseurs dans mon agonie.

Jésus, Marie, Joseph, faites que j'expire en paix dans votre sainte compagnie. (300 *jours d'indulgence.*)

LES DIX COMMANDEMENTS

du Sacré Cœur de Jésus.

1. Aucun plaisir tu ne prendras
Que dans mon Cœur uniquement.
2. A mes douleurs tu penseras,
Sans y manquer aucunement.
3. Ta propre chair crucifieras,
Et ton esprit pareillement.
4. Souvent tu te disposeras
A paraître à mon jugement.
5. Doux, humble, toujours tu seras,
Et pauvre volontairement.
6. Les mépris tu désireras,
Les endurant joyeusement.
7. Avec moi toujours marcheras,
Sans t'en écarter nullement.
8. De tes maux tu ne te plaindras
Qu'au Cœur de Jésus seulement.
9. Mon bon plaisir souhaiteras,
Et tu t'y plairas constamment.
10. Au plus parfait tu prétendras,
Me le demandant humblement.

Mon amour, dit Jésus, règne dans la souffrance, il triomphe dans l'humilité, il jouit dans l'unité. (*Vie de la Vén. Marg. Marie Alacoque.*)

TABLE.

pages.

Avis.................................... 4

Nº 1. Marie contemplant l'Enfant Jésus dans son sommeil. 5

Nº 2. Sur l'Enfant Jésus dans la crèche.. 7

Nº 3. Amour à l'Enfant Jésus. 9

Nº 4. A l'Enfant Jésus sur les vertus de l'enfance. 10

Nº 5. Sur la Passion pour le Chemin de la Croix. 12

Nº 6. Pour la bénédiction du Très-Saint-Sacrement. 15

Nº 7. Sur l'Eucharistie................. 15

Nº 8. Même sujet.................... 16

Nº 9. Soupirs vers Dieu................ 18

Nº 10. Soupirs vers le ciel............. 20

Nº 11. Sur les huit béatitudes.......... 21

Nº 12. Sur les bienfaits de Marie....... 22

Nº 13. Soupirs du pécheur aux pieds de Marie.................... 24

Nº 14. Louanges à Marie............... 25

Nº 15. Aspirations vers Marie........... 27

Nº 16. L'Immaculée Conception et la Nativité de Marie................. 28

Nº 17. Consécration à Marie........... 29

Nº 18. Le mois de Marie.............. 30

Nº 19. Même sujet................... 52

Nº 20. Invocations à Marie............. 53

Nº 21. Adieux à Marie................ 54

Nº 22. Adieux au sanctuaire de Marie.... 54

Nº 23. Résolutions en quittant le sanctuaire de Marie.................. 56

Nº 24. Sur l'Ange Gardien............. 56

Nº 25. Sur Saint Joseph............... 58

Nº 26. Sur Saint Vincent de Paul....... 40

Prière à N.-D. de Bonne-Garde et autres. 44

Les dix Commandements du S. Cœur de J. 46

www.ingramcontent.com/pod-product-compliance
Lightning Source LLC
Chambersburg PA
CBHW061709180626
46818CB00003B/1327